Ronald Briks

AF186801

Erste Schritte

zum Glück

Eine Köln-Nippes-Novelle

Herstellung und Verlag:
BoD - Books on Demand, Norderstedt
ISBN 978-3-7460-8027-7

Jupp

Mit ungläubigem Erstaunen blickte Jupp in die Schaufensterauslage des Buchladens, in der mit großer Geste ein neuer so genannter Ratgeber angepriesen wurde. Titel: Erste Schritte zum Glück. Die Autorin: Sandra Bergmann, die am Dienstag um 19.30 Uhr in eben dieser Buchhandlung ihr neuestes Werk vorstellen und signieren würde. Jupp starrte in das Fenster, auf die 20 Exemplare der Neuerscheinung und auf das Foto seiner Exfrau Sandra, die nach der Scheidung vor zwei Jahren ihren Mädchennamen, wie es so unpassend poetisch heißt, wieder angenommen hatte.

Wie konnte Sandra nur so weit gesunken sein, ein Buch mit einem so albernen und verlogenen Titel zu schreiben? Ohne Zeit zu verlieren stiegen in Jupp die Erinnerungen auf: an ihre ersten Schritte in ihr gemeinsames und so kurzes Glück, an Sandras Ausstrahlung, die ihn wie unter Hypnose zu ihr hin zwang, an die erste undeutliche Ahnung, in ein Spiel zu geraten, in dem er der Ball wäre und niemals selbst ein Tor schießen würde. Als Jupp endlich erkannte, dass Sandra ihn gewählt hatte und nicht umgekehrt, da stand er schon im Rathaus und konnte es kaum glauben, als der Standesbeamte ihn mit ein paar Worten zum Ehemann erklärte.

Der behördliche Akt der standesamtlichen Hochzeit war schon gut acht Jahre her und Jupp musste zugeben, dass er nicht ohne romantische Momente abgelaufen war. Die Sonne schien, die Mütter weinten, die Freunde freuten sich ehrlich, Sandra war noch schöner als sonst und man hätte glauben können, hier haben sich zwei gefunden, die zusammen gehören.

Als geborener, wenn auch ungläubiger rheinischer Katholik hätte Jupp nichts gegen eine kirchliche Wiederholung der Prozedur einzuwenden gehabt, aber als er das Thema einmal kurz anschlug, erntete er von Sandra ein nachsichtiges, mitleidiges Lächeln. Er sei halt ein unverbesserlicher Romantiker, hatte sie gesagt, aber sie würde unter keinen Umständen diesen Schritt in "unsere" Zukunft mit solch einer anachronistisch-nostalgischen Aktion belasten. Damit war die Frage vom Tisch. Nach dem Standesamt gab es Rieslingsekt von der Mosel. Ein Reporter vom Express fragte, ob er sie als Paar des Tages fotografieren dürfe, was Sandra natürlich ablehnte und am Abend feierten sie ausgelassen in der Alteburg. Die ganze Nacht tanzten sie in ihre gemeinsame Ehe.

Sandra würde also nach Köln kommen. In die Stadt, die sie vor zwei Jahren verlassen hatte in Richtung Berlin, um "ein neues Leben" anzufangen. Ein neues Leben! Ihr Hang zum klischeehaften Ausdruck gehörte schon immer zu der Sammlung merkwürdiger Eigenschaften, die so gar nicht mit ihrer selbstbewussten, schnellen Intelligenz zu korrespondieren schien. Insofern hätte Jupp sich nicht über einen Titel wie "Erste Schritte zum Glück" wundern müssen.

Zwei Jahre hatte er Sandra nicht gesehen. Außer ein paar E-Mails, in denen sie ihn bat, einige vergessene Sachen aus der ehemals gemeinsamen Wohnung zu schicken, hatte es zwischen ihnen in der Zeit keinerlei Austausch von Fragen, Bitten oder Höflichkeiten gegeben. Keine Geburtstags- oder Weihnachtskarten, nicht mal spontane postalisch hin- und hergeworfene Beschimpfungen. Funkstille. Kontaktsperre. Sprachlosigkeit, die nicht vereinbart, sondern stillschweigend von beiden Seiten als Konsequenz der offiziellen Trennung eingehalten worden war. Jupp besaß keine aktuelle Handynummer von Sandra, selbst wenn er gewollt hätte, wüsste er nicht, wie er sich mit ihr verabreden könnte. Wo würde sie übernachten, wenn sie zur Lesung kam? In Nippes gab es nur ein Hotel, das ganz sicher nicht den Ansprüchen seiner Exfrau genügen könnte. Sie würde es doch wohl nicht wagen, bei Anett unterzukommen, schoss es ihm durch den Kopf, während sich gleichzeitig eine Mischung aus Empörung und Angst als Schauer in Rücken und Nacken bemerkbar machte. Anett, die Freundin, die die gemeinsame Wohnung nach der Scheidung übernommen hatte. Jupp war in die Dachwohnung im selben Haus gezogen. Hundert Quadratmeter in Nippes konnte er sich allein nicht leisten und er war froh, nicht mehr bei jedem Fenstergriff, jeder Tür, jedem Druck auf die Toilettenspülung daran denken zu müssen, dass sie allesamt von Sandras Händen berührt worden waren. Die Vorstellung, Sandra für ein paar Nächte zwei Stockwerke unter sich zu wissen, an dem Ort, an dem sie sich sechs Jahre geliebt und gestritten hatten, bereitete ihm ein körperliches Unbehagen, das ihm selbst als Reaktion ziemlich übertrieben vorkam. Die Geschichte mit Sandra war doch längst abgehakt. Keiner konnte von ihm verlangen, sich über ihren Besuch in seinem Stadtteil zu freuen. Und musste es unbedingt die Buchhandlung drei Ecken von ihrer alten Wohnung entfernt sein?. Es gibt in Köln doch wirklich genug Buchläden! Jupp stellte fest, dass er schon wieder dabei war, sich über Gebühr aufzuregen. Die innere Aufwühlung, gegen die er sich anscheinend nicht wehren konnte, verunsicherte ihn mehr als die Tatsache, dass Sandra in seine Nähe kommen würde.

Erst als ein Passant an seine Schulter stieß und sich überraschenderweise entschuldigte, bemerkte Jupp, dass er noch immer auf Sandras Foto starrend vor dem Schaufenster des Buchladens stand, mitten auf dem Trottoir, hinter ihm der tosende Lärm des Autoverkehrs, um ihn herum das an- und abschwellende Gewusel von Fußgängern und Radfahrern, die ihn mit den Augen so fixierten, wie man eine Slalomstange ansah, um die man herumgleiten muss. Als dritte Stimme in der Kakophonie der alltäglichen Szenerie rauschte der unablässige Strom der Gedanken in Jupp. Kommentiert wurden das Denken von Gefühlsaufwallungen, die völlig unerwartet und unkontrollierbar erschienen. Dieses emotionale Instrumentarium sollte eigentlich längst eingemottet in irgendwelchen unzugänglichen Garderobenschränken, in Staub gehüllt und in Schweigen versunken sein. Jupp hatte gehofft, von diesen Störungen nicht mehr behelligt zu werden.

Er räusperte sich und versuchte sich zu erinnern, warum er überhaupt auf die Straße gegangen war. Dann setzte er sich in Bewegung, um ein Dinkelschrotbrot beim Biobäcker zu kaufen.

Erste Schritte zum Glück

Erstes Kapitel: *Erst wenn Sie wissen, wo Sie im Moment genau stehen und wie sie dahin gekommen sind, können sie den Weg zum Glück finden.*

Zweites Kapitel: *Was bedeutet für Sie persönlich Glück? Was sind Ihre Träume, Wünsche, Visionen?*

Drittes Kapitel: *Erkennen Sie an, dass Sie sich schon auf dem Weg zum Glück befinden! Welche Etappen haben Sie schon hinter sich?*

Viertes Kapitel: *Was ist Ihnen hier und jetzt am wichtigsten? In welchen Lebensbereichen ist Ihnen das Glück am nächsten? Was ist dort anders als in der Liebe, so wie Sie sie kennen?*

Fünftes Kapitel: Die ersten Schritte: Entscheiden Sie sich! Gehen Sie los! Wohin soll der erste Schritt führen?

Sechstes Kapitel: Gehen Sie weiter! Auch wenn Sie nicht genau wissen, wo Sie hingeraten. Das Glück liegt dort, wo Sie noch nicht waren.

Siebtes Kapitel: Wie Sie das Glück erkennen, wenn es Ihnen begegnet! Wie sie es dazu bringen, bei Ihnen zu bleiben.

Vor Jupps Augen schrieb sich schon das vorhersehbare Inhaltsverzeichnis dieses Ratgebers, mit dem, wie er dachte, mal wieder den Leuten das Geld aus den Taschen gezogen wird. Keine 200 Meter entlang der Neusser Straße brauchte er dafür. Er wusste nur zu genau, wie diese Bücher gestrickt waren. Vor ein paar Jahren hatte er selbst mal daran gedacht, einen Psychoratgeber zu schreiben, aus dem einfachen Grund, weil sich auf diesem Markt noch immer gutes Geld verdienen ließ. Ihn hatte damals das Thema Müdigkeit interessiert. Müdigkeit als Symptom, als Laster, als einzig vernünftiger Fluchtweg aus dem hyperaktiven Wahnsinn unseres Alltags. Er war auch noch immer davon überzeugt, dass er sich ein Thema gesucht hatte, mit dem er viele Leute ansprechen würde. Aber es ging nicht. Er konnte das Buch nicht schreiben.

Anett

Die Wohnungstür im zweiten Stock öffnete sich in dem Moment als Jupp auf dem Weg nach unten daran vorbei ging. Mit zwei Stofftaschen, in denen ein paar leere Flaschen und Gläser herumklimperten, stand Anett im Türrahmen und grüßte ihn: "Morgen, so früh schon unterwegs?"

"Ich hab nichts mehr oben, was ich mir aufs Brot legen könnte und geh schnell eine Kleinigkeit frühstücken." antwortete Jupp, "Und du? Altglascontainer oder Biosupermarkt? Da sich in deinem ökologisch korrekten Haushalt niemals so viele Einwegflaschen ansammeln würden, um zwei Tüten zu füllen – außer vielleicht nach einer deiner berüchtigten mit gutem Rotwein durchzechten Nächte, zu der ich, hätte es gestern eine gegeben, doch wohl eingeladen gewesen wäre, haben wir wohl die schöne Gelegenheit, gemeinsam ein Stück des Wegs in Richtung Bioladen zu promenieren und fassen diese mit Freude beim Schopfe."

Annets Gesicht zeigte Anflüge von Erschöpfung. "Jupp, wie kannst du nur vor dem Frühstück solche Wortgirlanden aus deinem seltsamen Hirn pusten? Ich habe kein Wort verstanden, aber wenn du willst, darfst du mir mit den leeren Milchflaschen helfen!"

Jupp schnappte sich eine der Stofftaschen. Auf der Straße angekommen wies Anett mit dem Kopf in Richtung Buchladen und fragte: "Schon gesehen, wer hier Dienstag Abend sein wird?"

Jupp schaute demonstrativ in die andere Richtung. "Ich wette, du weißt schon seit Wochen davon, und weil Sandra dich so nett gebeten hat, hast du mir kein Wort gesagt."

"Richtig. Aber was hättest du schon davon gehabt, es früher zu wissen?"

Jupp sah sie mit ernster Miene an: "Ich hätte mich zum Beispiel für eine Woche ins Ausland absetzen können, um nicht tagelang dem Risiko ausgesetzt zu sein, der Dame hier über den Weg zu laufen. Und da du ihr auch wahrscheinlich deine Wohnung, also unsere alte Wohnung als Nachtquartier angeboten hast, bin ich nicht mal zu Hause vor ihr sicher!"

"Stimmt, sie schläft die paar Tage bei mir. Ich werde meine beste Freundin ja wohl kaum ins Hotel schicken, wenn sie nach zwei Jahren mal wieder nach Köln kommt. Hast du ihr neues Buch schon gelesen?"

"Ich weiß mich gerade noch so zu zügeln."

"Meinst du nicht", fragte Anett "es wäre möglich, dass du was verpasst?"

"Nein, das meine ich nicht. Dafür kenne ich Sandra zu gut und das Metier, in das sie sich da begeben hat, auch. In einer kurzen Phase geistiger Umnachtung hatte ich ja selbst mal vor, einen psychologischen Ratgeber zu schreiben."

"Was hat dich davon abgehalten?"

"Mein Gewissen."

"Wie beruhigend, dass dein Gewissen doch noch eine kleine Nische gefunden hat, in der es mitspielen darf. Ich wüsste nicht, wo es sonst in deinem Leben was zu sagen hätte."

"Das war spitz, Madame. Ich geh jetzt hier rein und trinke einen Kaffee", sagte Jupp und wies auf die Kaffeebar vor ihnen. "Du kannst ja auf dem Rückweg vom Supermarkt wieder hier vorbeikommen, vielleicht helfe ich dir dann mit den vollen Milchflaschen."

"Mal sehen! Und verbrenne dir deine Zunge nicht am heißen Getränk!" entgegnete Anett, nahm Jupp die Stofftasche aus der Hand und ging weiter.

Jupp trat in die Bar ein, bestellte sich einen doppelten Espresso und ein Croissant mit Marmelade und setzte sich an einen der hohen Tische mit Blick auf die Straße. Kaum hatte er die Jacke ausgezogen und auf den Hocker neben sich gelegt, da bereute er auch schon, sich trotz der Kälte nicht draußen an einen Tisch begeben zu haben. Im Hintergrund nahm er das Dudeln eines Radios wahr, in dem einer dieser krankhaft gut gelaunten Moderatoren alles daran setzte, seinen Zuhörern ihre Laune nachhaltig zu verderben. Dazu gehörte im Fall von Jupp heute nicht viel, deshalb ergab er sich in sein Schicksal und schüttete sich ein ganzes Papiertütchen Zucker in seinen Espresso, zögerte dann aber doch, mit dem Löffel umzurühren. Sandra hatte ihn gerne mit seiner Vorliebe für schwarzen Kaffee, der aber nicht zu stark sein durfte, aufgezogen. „Auf die harte Tour weichgespült!", sagte sie dann. Doch insgeheim hatte sie ihm recht gegeben. Die Kaffees in fast allen Bars und Restaurants waren heutzutage zu streng geröstet und die italienischen Kaffeemaschinen trieben den Bohnen mit viel zu heißem Wasser den letzten Rest von Aroma aus. Kein Wunder, dass alle Welt Milchkaffee, Latte Macchiato und ähnliche Verdünnungen trank. Schwarz war das Gebräu ja praktisch ungenießbar.

Sandra. Verdammt. Was wollte sie hier? Warum machte sie ihre Lesung nicht in Sülz oder in der Südstadt? Warum hier in Nippes, direkt vor seiner Haustür, die fast sechs Jahre lang der Eingang zu ihrem gemeinsamen Leben gewesen war? Gerade hatten die Spuren, die Sandra im Viertel, in den Geschäften, Restaurants und auf der Straße hinterlassen hatte, begonnen zu verblassen. Da taucht sie unvermittelt wieder auf und die Narben schmerzen und leuchten vor sich hin.

Konstantin

"Komm rein!" die Haustür des kleinen Reihenhauses in Bilderstöckchen schob sich gemächlich auf, Jupp trat ein, zog sich die Schuhe aus und ging in die Küche, die wie immer sauber und aufgeräumt war und trotzdem ein angenehmes und bewohntes Flair verbreitete. Der Gastgeber saß schon wieder am Tisch und schlürfte seinen Kaffee. "Willst du auch einen? Grade aufgebrüht." Jupp nahm sich seine Tasse aus dem Schrank, ein mittelgroßes dünnwandiges Exemplar aus weißem Porzellan – er trank Kaffee, wenn irgend möglich, aus Porzellanbehältnissen – und goss sich ein. Diese Küche war abgesehen von seiner eigenen Wohnung der einzige Ort auf der Welt, wo er sicher sein konnte, einen guten Kaffee zu bekommen. Auch anderswo mochte er ab und an überrascht werden, doch nirgendwo sonst war die Gefahr einer Enttäuschung so gering wie hier. Das lag nicht nur an der hier üblichen achtsamen und niemals durch Eile gestörten Art der Kaffeezubereitung, die an japanische Teezeremonien erinnerte. Ebenso entscheidend war, dass Jupp und sein Freund Konstantin ihren Kaffee aus derselben Quelle bezogen: einem kleinen Laden in der Innenstadt von Bern, dessen Besitzer den Kaffee aus Kolumbien importierte, fünf Jahre lang trocknen ließ, um ihn dann ohne die sonst übliche Prozedur, bei der die Bohnen in Wasser aufgequollen werden, um ihre Oberfläche zu vergrößern, sanft bei relativ niedriger Temperatur röstete. Irgendwo hatte er mal gelesen, dass Immanuel Kant seine Magengeschwüre mit Kaffee behandelt haben soll. Jupp schien die Idee alles andere als absurd zu sein, seit er seinen Schweizer Kaffee trank. Guter Kaffee war ein bekömmliches Getränk.

Jupp setzte sich mit an den Küchentisch und die beiden genossen schweigend Geruch und Geschmack des schwarzbraunen Suds.

Jupp und Konstantin kannten sich seit dem Beginn ihres Studiums in Köln. Konstantin studierte Philosophie und Sinologie/Älteres China. Jupp begann sein Studium mit dem Hauptfach Pädagogik, doch Konstantin überzeugte ihn sehr bald, dass es in der gesamten geisteswissenschaftlichen Fakultät bestenfalls in der Philosophie etwas Sinnvolles zu lernen gäbe. Für die Entscheidungshilfe zu einem Wechsel ins Philosophiestudium würde Jupp seinem neuen Studienfreund zeitlebens dankbar sein, auch wenn sich ihre Einschätzung des Faches bald als ziemlich fragwürdig herausstellen sollte.

Die ersten Tage ihrer Freundschaft lagen schon gut zwanzig Jahre zurück. Damals, Ende der achtziger Jahre, wurde Konstantin von allen, die ihn schon länger kannten, Konfusius genannt, eine unelegante Wortschöpfung, die aber aufs genaueste zwei wesentliche Eigenschaften von Konstantin aufgriff und miteinander versöhnte. Schon in frühester Kindheit hatte Konstantin sein Faible für China entdeckt, oder besser gesagt: seine Faszination für den chinesischen Geist, die Sprache, ihre Kunst und Philosophie. Im Alter von zehn Jahren begann er sich chinesische Schriftzeichen beizubringen und zu Beginn seines Studiums konnte er das TaoTeKing von Laotzu auswendig aufschreiben. Sprechen lernte er erst in seiner Zeit am Kölner Sinologischen Institut.

Die zweite Eigenart Konstantins, die ihm den Spitznamen Konfusius bescherte, wurde ebenfalls schon in Kindertagen offenbar. Sein Umgang mit der so genannten normalen Welt musste einem Außenstehenden als - na ja - konfus erscheinen, obwohl er, wie Jupp schnell erkannte, einer ganz klaren inneren Logik folgte. Die Dinge und Ereignisse, die Konstantins Aufmerksamkeit erregten, waren meistens nicht diejenigen, die vom Rest der Welt ins Zentrum gestellt wurden. Beobachten kann man diese Fähigkeit, wenn sich kleine Kinder nicht mit ihren teuren Geschenken beschäftigen wollen, sondern das Geschenkpapier oder die Verpackung viel aufregender finden. Vielleicht lässt sich Konstantins Wesen am besten dadurch beschreiben, dass er schon immer vom Packpapier mehr angezogen war als von dem, was es auszupacken gilt. Ihn reizte eine bestimmte Ästhetik der Dinge und dabei bevorzugte er das Einfache, Leichte und Bewegliche von Materialien wie dem Papier. Das Solide und Schwere übte keine Anziehungskraft auf ihn aus.

Für sein kleines Reihenhaus in Bilderstöckchen, in dem die beiden gerade ihren Kaffee tranken, hatte sich Konstantin aufgrund eines Details entschieden. Bei der ersten Besichtigung war ihm schon aufgefallen, dass vor dem Haus ein ganz leichter, ein wenig säuselnder Wind wehte, wobei wehen ein zu starkes Wort für diesen leisen Hauch war. Welche mikroklimatischen Bedingungen auch immer für diesen Wind verantwortlich sein mochten, er war fast immer zu spüren, wenn man von ihm wusste, und sogar Jupp nahm die erfrischende Wirkung wahr, die von ihm ausging. "Die Luft spielt hier mit sich selbst", hatte Konstantin gemeint und keinen Moment gezögert, in das Haus einzuziehen.

Jupp hatte den Spitznamen Konfusius nie benutzt. Vielleicht lag es daran, dass er Konstantin erst kennenlernte, als der Name schon zu lange existierte, um noch von neuen Bekannten übernommen werden zu können. Spitznamen gehören zu einem Ort und einer Zeitspanne, die sich nicht ins Unendliche, oft genug nicht einmal ins Erwachsenenleben dehnen lassen. Sein eigener Rufname Jupp bildete die Ausnahme von der Regel. Sogar von sich selbst sprach er nie anders. Er erinnerte sich an die kurze Irritation, als er vom Standesbeamten mit seinem Taufnamen angeredet wurde und für zwei Atemzüge nicht genau wusste, ob wirklich er gemeint war oder eigentlich jemand anderes der Gatte von Sandra werden wollte.

"Bist du in den vergangenen Tagen mal in Nippes gewesen?" Wie immer war es Jupp, der das Schweigen nach gut zehn Minuten brach.

"Du meinst, um beim Buchladen in der Neusser am Bild von Sandra vorbeizuschlendern?" Konstantin stand auf, nahm die Kaffeekanne von der Herdplatte und schenkte beiden nach. "Wirst du sie treffen?"

Jupp überhörte die Frage. "Hast du gelesen, wie ihr neues Buch heißt? Erste Schritte zum Glück. Das ist doch peinlich oder nicht?"

"Stimmt schon" sagte Konstantin und nahm sich noch einen Keks aus der Dose auf dem Tisch, "merkwürdiger Titel. Passt nicht zu Sandra. Für so was ist sie eigentlich zu intelligent."

"Ja, intelligent ist sie, aber mindestens genauso skrupellos. Für ihren Erfolg begibt sie sich ohne zu zögern unter ihr Niveau."

"Du trauerst ihr immer noch hinterher. Wie lange hast du sie nicht gesehen? Zwei Jahre? Bist du immer noch nicht drüber weg, von ihr verlassen worden zu sein?"

"Sandra ist mir im Prinzip egal," sagte Jupp "mich ärgert nur, dass sie unbedingt nach Nippes kommen muss, um ihr Machwerk vorzustellen! Keine 200 Meter von unserer alten Wohnung entfernt.

"Sie wird übrigens bei Anett übernachten." sagte Konstantin.

"Ja, ich weiß, deshalb wollte ich dich fragen, ob ich ein paar Tage bei dir hier hausen kann. Bis sie wieder weg ist."

"Ich fürchte, hier bist du auch nicht sicher. Sie hat sich bei mir für Montag Nachmittag zum Kaffeetrinken eingeladen." Konstantin versuchte gar nicht erst, sein Lächeln hinter der Tasse zu verstecken. "Komm, lass uns eine Runde durch den Park drehen", schlug er vor und stand schon an der Küchentür.

Als sie sich im Flur die Schuhe anzogen, fiel Jupp das kleine zerknitterte Reclamheftchen auf der Ablage auf. "Du liest Hamlet?"

"Darüber wollte ich gleich mit dir reden", sagte Konstantin und die beiden verließen das Haus in Richtung Park.

"Ich bin gefragt worden, ob ich für eine dieser interkulturellen Zeitschriften einen Artikel schreiben möchte. Die machen ein Heft zum Thema Theater." begann Konstantin, nachdem die zwei Männer den Kreisel an der Escher Straße überquert hatten und in die Kleingartenkolonie einbogen. "Shakespeare in Ostasien hieß das Wunschthema des Redakteurs. Mal eben 250 Jahre Rezeptionsgeschichte in sieben verschiedenen Ländern auf 15 Seiten durchnudeln und dann auch noch originell sein. Ich hab ihm gesagt, was ihn das an Honorar kosten würde. Danach war er gerne bereit, das Thema ein wenig schlanker zu gestalten."

"Seit wann bezahlen Zeitschriften für solche Artikel Honorare?" fragte Jupp.

"Eben, und wenn ich meine Zeit und mein immenses Wissen verschenke, dann will ich wenigstens selber entscheiden, worüber ich schreibe. Der Artikel geht jetzt über Hamlet in China und Japan. `Zögern und Nichthandeln´ soll das ganze am Ende heißen."

"Schöner Titel", brummte Jupp.

"Danke", antwortete Konstantin. Sie schwenkten in das kurze Wegstück zwischen Kleingärten und Blücherpark ein, von wo aus die Autobahn, die schon seit längerem den klanglichen Hintergrund des Spaziergangs gebildet hatte, sichtbar wurde.

"Ich werde dir nicht ersparen, mir noch eine Zeit zuzuhören", fuhr Konstantin fort, "Du kannst gerne sofort vergessen, was ich erzähle, aber ich brauche dich jetzt, um meine Gedanken zu ordnen." Jupp nickte stumm und die beiden gingen weiter in Richtung Gürtel.

"Als Japan seine Isolation aufgab und am liebsten Teil des Westens geworden wäre, verstand man dort schnell, dass Hamlet das prototypische Stück der modernen westlichen Kultur darstellt. Da überrollt der Westen mit seinem zwanghaften Aktivismus fast die ganze Welt und macht die Kulturen, auf die er trifft, ohne Skrupel einfach platt. Und dann wird gerade Hamlet, der Zögerer, der Melancholiker, der das Elend nicht durch blindwütiges Handeln, sondern durch seine gedankenschwere

Unentschiedenheit vergrößert, zum Vorbild des modernen abendländischen Mannes. Nicht dass die Japaner im 19. Jahrhundert verstanden hätten, worum es da eigentlich geht, aber sie vermuteten ganz richtig: Nur wenn sie Hamlet durchdrungen hätten, könnten sie Teil des Westens werden. Ist ihnen natürlich nie gelungen. Erst seit vielleicht zwanzig Jahren, also seit sie begonnen haben, sich selber als Japaner nicht mehr zu verstehen, wird ihnen klar, wie recht sie hatten, Hamlet als reinstes Produkt des westlichen Geistes zu betrachten."

"Hört sich so an, als ob China diese Erfahrung noch bevorstünde, oder?"

"Wer weiß?", sagte Konstantin und schaute auf den ruhig unter ihnen liegenden Weiher, den zwei Schwäne lautlos durchquerten. Die Enten standen allesamt auf der gegenüberliegenden Uferböschung und wurden von zwei sehr alten und zwei sehr jungen Menschen mit trockenem Brot beworfen.

"Die Japaner haben übrigens ihre Angriffe auf China damit gerechtfertigt, dass ein Land ohne Shakespeare nicht zivilisiert genannt werden kann!"

"Tja", entgegnete Jupp, "die chinesischen Kommunisten scheinen von ihrer Kultur auch nicht viel mehr gehalten zu haben als die Japaner, wie man an der Kulturrevolution sehen kann!"

"Und die kapitalistisch infizierten Kommunisten von heute sind nicht viel besser," meinte Konstantin, "wahrscheinlich werden die Chinesen zu spät erkennen, dass der Preis für die Einverleibung Hamlets darin liegt, sich selbst unverständlich und fremd zu werden. Ein Preis, den die Europäer als erstes gezahlt haben."

Auf Jupps Gesicht machte sich ein Grinsen breit: "Und jetzt versuchen die Abendländer sich mit Hilfe der östlichen Weisheiten wieder verstehen zu lernen."

Jupp und Konstantin waren am Kopfende des künstlich angelegten Sees angekommen und setzten sich an einen der kleinen Tische direkt am Wasser, die zu dem Parkcafé gehörten, das hier bei gutem Wetter öffnete. Sie bestellten zwei Kaffee, der, wie sie wussten, nur nach Zugabe von mindestens zwei Löffeln Zucker halbwegs genießbar war. In der kurzen Pause, bis ihnen die Tassen auf den Tisch gestellt wurden, blickten die beiden auf den Teich vor ihnen. Dann nahm Konstantin den Gesprächsfaden wieder auf.

"Du hast natürlich recht. Während sich der Osten für Jahrzehnte in den Paradoxien des westlichen Geistes verheddert – was übrigens eine sehr kreative Angelegenheit werden kann – sucht das Abendland heute die Antwort auf seine Fragen im Orient, natürlich nicht im gegenwärtigen, sondern in den großen Traditionen der geistigen Schulung, im Yoga, Buddhismus, im Zen und – wer wüsste es besser als ich? – im Taoismus."

"Dann soll heute die Antwort auf Hamlet wohl heißen: Nichthandeln statt Zögern.", warf Jupp mit verzerrtem

Gesicht ein, eine Reaktion auf den bittersüßen Geschmack des immer noch viel zu heißen Kaffees, „Nicht dass ich verstehen würde wieso, aber der Titel deines Aufsatzes offenbart ja schon die Lösung."

"Dabei bedeutet Nichthandeln im Chinesischen alles andere als lethargisch in der Ecke zu hängen. Der chinesische Ansatz hat nichts gegen Aktivität, nur eben nicht als Ergebnis von Denkprozessen. Angemessenes Handeln ergibt sich aus der Situation, in der man gerade steckt. Denken führt raus aus der Situation, hinein in den Nebel, in dem alles undeutlich wird und man beim Stochern immer schön das Falsche trifft. Schau dir z.B. an, was mit Hamlet und Ophelia passiert. Die beiden sind am Anfang des Stückes über alle Ohren ineinander verliebt. Dann glaubt Hamlet plötzlich, Ophelia würde ihn verraten. Und schon stößt er sie weg."

"Na ja, so ganz falsch lag er ja nicht damit."

"Aber sie will ihm eigentlich nur helfen und erkennt in ihrer jugendlichen Unschuld zu spät, dass sie zum Spielball des Königs und ihres Vaters wird. An ihrer Liebe zu Hamlet zweifelt sie nie. Doch Hamlet ist zu diesem Zeitpunkt schon viel zu paranoid, um die Situation richtig zu deuten und seiner Liebe zu Ophelia zu trauen. Erst nach ihrem Tod gelingt ihm das wieder und wird zur Quelle seines Selbstmitleids. Denken macht blind, sag ich dir, nicht die Liebe!" Konstantin war ein wenig lauter geworden und um für einen akustischen Ausgleich zu sorgen, dämpfte Jupp seine Stimme leicht ab: "Das würde aber auch bedeuten, Hamlet folgte einem richtigen Impuls, als er wegen der Gedankenblässe, die ihn angekränkelt hatte, eben nicht ins Handeln vorstieß, also seinen Vater nicht rächte, sondern halt zögerte. Die Katastrophe hat er so aber nicht aufhalten können."

"Weil er sich zu wichtig nahm und trotz oder wegen aller Zweifel am Wert seiner Gedanken, sozusagen präcartesisch, sich mit seinen mentalen Ergüssen identifizierte." entgegnete Konstantin, "Ich denke, also bin ich. Einem Chinesen kommt der Satz heute noch meistens total abstrus vor. Wie kann man nur auf die verrückte Idee kommen, die Gedanken machten einen Menschen aus? Was ist dem Menschen denn ferner als seine Gedanken? Was verwirrt ihn mehr und lenkt ihn von sich selber ab?"

  Eine Ente landete platschend vor den beiden Freunden auf dem Wasser, so dass sie unwillkürlich die Füße einzogen. Konstantin schwieg einen Moment und fragte dann, ob es Jupp etwas ausmachen würde, alleine zurück zu gehen. „Ich muss mir schnell ein paar Gedanken notieren."

"Na hoffentlich handelst du nicht danach!" antwortete Jupp und stand auf, "Kein Problem, du zahlst den Kaffee und ich nehme die Bahn. Ach, eins noch: Hast du am Dienstag Abend schon was vor? Sonst könntest du auf ein Glas Rotwein bei mir vorbei kommen."

"Nein, tut mir leid, Dienstag gehe ich zu einer Buchpräsentation. Erste Schritte zum Glück. Von einer Sandra Bergmann. Hört sich irgendwie interessant an, oder....?" Das Lächeln auf Konstantins Gesicht ging ins Leere. Jupp war schon die paar Treppenstufen hoch auf den Parkweg gelaufen und zur Haltestelle unterwegs.

Jupp

Jupp kam nach Hause und legte die DVD mit einem Konzert von Nina Simone in Montreux auf. Statt vor dem Computer zu hocken, hätte er sich lieber in seinen Sessel gefläzt und in den Fernseher geschaut, der zwar nicht die Ausmaße eines Flachbildschirmes erreichte, der aber immerhin einen Bildschirm besaß, auf den man aus zwei Metern Abstand blicken konnte und gerade genug erkannte, um nicht nervös zu werden. Flachbildschirm ist doch endlich mal ein adäquater Name für ein Gerät, das dazu verdammt ist, die täglichen Fernsehprogramme in die Welt zu emittieren, dachte Jupp und fragte sich zugleich, warum sein Geist mit solch unerträglichen Gemeinplätzen vollgestopft war. Er beobachtete aus irgendeiner merkwürdigen inneren Distanz heraus, wie ein Gedankenmotor in ihm angesprungen war und sich seines Geistes bediente, um eine schier endlose Girlande zu produzieren. Doch diesmal gelang es Jupp, den Gedankenmotor zum Stillstand zu bringen und sich darauf zu besinnen, worum es im Moment gerade ging.

I wish I knew how it feels to be free. In einem Interview war Nina Simone mal gefragt worden, wie sich Freiheit denn anfühle. "Kann ich dir nicht sagen, Darling", begann sie ihre Antwort, "das ist wie bei der Liebe, niemand kann sie beschreiben, aber wenn sie da ist, erkennt sie jeder sofort." Dann einen Moment Schweigen. Und: "Vielleicht kann ich dir doch eine Antwort geben. Freiheit ist ein Zustand, in dem du keinerlei Angst verspürst. Das hab ich ein, zwei Mal auf der Bühne erlebt. Und ich kann dir sagen: This is really something else!" Einer dieser freien Momente hatte sich für Nina Simone bei dem Konzert in Montreux ereignet. Schon bevor er das Interview kannte, hatte er gedacht: Da steht, spielt und singt ein freier Mensch.

Freiheit von Angst. In seinem Schreibtischstuhl sitzend, die DVD in den Händen, erkannte Jupp plötzlich, dass er Angst vor Sandra hatte, oder wenigstens Angst ihr zu begegnen. Was auf dasselbe hinausläuft. Doch warum um alles in der Welt beherrschte ihn diese Angst, seit er von Sandras Besuch in Köln erfahren hatte. Wieso glaubte er, sich vor Sandra in Sicherheit bringen zu müssen? Sein Verhalten war doch völlig albern! Was gab es denn für ihn zu verlieren? Es wurde Zeit, die Bequemlichkeiten des Opferdaseins aufzugeben und die Sache in die Hand zu nehmen. Morgen früh würde er sich als erstes Sandras Buch kaufen. Er stand auf, holte sich ein Bier, startete die DVD und zog sich den Kopfhörer über die Ohren.

Sandra

"Wären Sie so freundlich und würden das Gespräch woanders fortführen? Wie sind hier in der handyfreien Ruhezone!" Sandra beugte sich mit charmantem Lächeln zu dem Geschäftsmann auf der anderen Seite des Ganges, der sich eine Entschuldigung murmelnd erhob und hinter der Schiebetür verschwand. Sie wendete sich wieder ihrem Buch zu und fuhr fort, die Passagen durchzusehen, die sie bei den Lesungen der nächsten Tage vortragen wollte. Ihr Buch. Nach Jahren des literarischen Schweigens hatte sie es geschafft, wieder einen Roman zu schreiben. Jetzt schien alles darauf hinzudeuten, dass sie damit an ihre frühen Erfolge anknüpfen würde. Zwar hielten sich die Kritiker diesmal noch demonstrativ zurück. Aber das zeigte nur, wie schlecht der Text in ihre Schubladen passte. Das lesende Publikum kaufte das Buch, ohne auf gute Rezensionen zu warten. Wie viele der Käufer – und Käuferinnen – dabei auf den in gewisser Weise irreführenden Titel hereinfielen, konnte niemand sagen, doch es bereitete Sandra eine diebische Freude, mit *Erste Schritte zum Glück*

Leute zum Lesen zu verführen, die sich von dem Buch bestimmt etwas anderes versprochen hatten.

Heute Abend würde eine Präsentation ihres neuen Buches in Bonn stattfinden. Anett hatte ihr angeboten, für die knappe Woche, die Sandra in Köln bleiben und zu weiteren Lesungen nach Aachen und Düsseldorf reisen würde, bei ihr zu wohnen und nach einem kurzen Zögern hatte sie dankend angenommen.

Sie freute sich, endlich wieder Zeit mit Anett verbringen zu können. Die beiden hatten sich seit Sandras Umzug nach Berlin zwar nicht aus den Augen verloren, aber die Vertrautheit der gemeinsamen Jahre in Köln wurde mehr und mehr zu einer Erinnerung, von der die Freundschaft noch zehrte ohne sie füttern zu können.

Seit zwei Jahren lebte Sandra in Berlin. Sie mochte diese Stadt, in der es im Gegensatz zum engen Köln so viel Platz zum Atmen, zum Träumen, zum Ausprobieren von verrückten Ideen gab. Seit ihrer *Flucht* nach Berlin war sie kein einziges Mal am Rhein gewesen, doch jetzt im ICE Richtung Westen wurde ihr mit einer leichten Beunruhigung bewusst, wie sehr sie das Gefühl beherrschte, nach Hause zu fahren.

Sandra war direkt nach dem Abitur nach Köln gekommen. Vom ersten Tag an fühlte sie sich dort wohl und genoss das Leben in der Großstadt in vollen Zügen. Nach dem Vordiplom in Psychologie, begann sie ernsthaft einer Leidenschaft nachzugehen, die sie seit der frühen Schulzeit begleitet hatte: dem Schreiben. Zunächst ging es ihr nur darum, einen Ausgleich zum Prüfungsstress des Studiums zu finden. Schreiben war für sie immer entspannend und erholsam gewesen. Alleine an einem Tisch, auf dem nichts außer der Teekanne, einer Tasse, einer Kerze und ihrer Kladde liegen durfte, fühlte sie sich geschützt genug vor dem Alltag, um ihren Geist auf Reisen schicken zu können.

Doch ihr Verhältnis zur Sprache, zum Erzählen hatte sich verändert. Plötzlich schien es Geschichten in ihr zu geben, die sie nicht nur sich selbst erzählen wollte. Das Schreiben ging ihr nicht mehr so leicht von der Hand wir früher, sie musste für jede Geschichte neu herausfinden, mit welcher Sprache, oder in welchem Stil sie erzählt werden wollte. Das war eine neue, erregende Erfahrung, die für einige Zeit alles andere in ihrem Leben in den Schatten stellte.

Von ihren Kurzgeschichten wurden einige schon bald in verschiedenen Stadtmagazinen und literarischen Zeitschriften veröffentlicht. Ihr erster Roman *Damals im Traum* fand bundesweit einige Beachtung. Sie gewann damit zwei kleinere Literaturpreise, erhielt das Schreibstipendium der Stadt Köln und die Kritik reihte sie in die Riege der neuen deutschen Fräuleinwunders ein, jener meist ziemlich attraktiven Schriftstellerinnen um die 20, die mit ihren intelligenten Befindlichkeitsromanen anscheinend nicht nur den Geschmack der älteren Herren in den Kulturressorts getroffen hatten, sondern auch beim Publikum gut ankamen. Jung wie sie damals war, ließ sich Sandra vom frühen Erfolg blenden und war drauf und dran, ihr Studium abzubrechen, um als freie Schriftstellerin zu leben. Der dramatische Misserfolg ihres zweiten Romans *Der Splitter im Auge*, brachte sie, wie ihre Eltern es nannten, wieder zur Vernunft. Sie widmete sich erneut ihrem Studium und lernte kurz nach dem Examen Jupp kennen und lieben.

Jupp. Ja, einen wie ihn hatte sie noch nie gesehen. Es war nicht Liebe auf den ersten Blick gewesen. Auf den Partys, bei denen sie sich begegnet sind, fiel er ihr gar nicht besonders auf. Bis er sich auf einem sonntäglichen Geburtstagsfrühstück in irgendeiner Studenten-WG in ein Gespräch einmischte. Mit ein paar gezielten Fragen ließ Jupp eines dieser großspurigen, studentischen Welterklärungsmodelle wie ein Kartenhaus zusammenfallen. Sandra fühlte sich durch Jupps Fragen an eine Szene erinnert, die sie in einem Roman gelesen hatte. Darin wurde ein Steinmetz zu einer Baustelle gerufen, um einen Felsblock aus dem Weg zu räumen, der nicht einfach gesprengt werden konnte. Der Steinmetz ging lange um den Fels herum, berührte ihn mit den Händen, klopfte ab und zu mit dem Hammer auf ein paar Stellen und setzte dann zwei Meißel an. Den ersten schlug er in den Stein, ohne dass sich irgend etwas bewegte. Doch als der zweite Meißel im Fels bis zur Hälfte verschwunden war, brach der ganze Stein wie ein Stück Erde auseinander.

Sandra verliebte sich Hals über Kopf in diesen merkwürdigen Menschen. Sie lebten ein paar Jahre eingetaucht in ihre Liebe, die für die beiden wie ein klarsichtiger Rausch verlief. Doch der Rausch war irgendwann verflogen und hatte einen Teil ihrer Liebe mit sich mitgenommen. Jupp war auf Distanz zu ihr gegangen und hatte sie pausenlos vorwurfsvoll angeschwiegen. Sie war verwirrt, verletzt, hilflos und sah bald keinen anderen Ausweg mehr, als ihn zu verlassen. Um nicht von ihm in dieses dunkle Loch, das ihn plötzlich umgab, gerissen zu werden. Um nicht mit ihm unterzugehen. Das war der Satz, der ihr damals so oft im Geist begegnete. Doch sie hatte noch immer nicht verstanden, was mit ihnen passiert war.

Nach der Trennung und ihrem Umzug nach Berlin hatte sie begonnen, das Buch zu schreiben, mit dem sie jetzt auf Lesereise ging. *Erste Schritte zum Glück.* Die ersten gemeinsamen Schritte von ihr und Jupp hatten sie gewissermaßen im Raum des Glücks gemacht, da gab es noch kein Verirren. Wann waren sie den ersten Schritt in die falsche Richtung gegangen? Sie hatte so sehr gehofft, eine Antwort zu finden, in dem sie ihre Geschichte so genau wie möglich aufschrieb. Sandra hörte sich laut aufseufzen und bestellte sich an dem Getränkewagen, der gerade durch ihr Abteil gefahren wurde, einen Kaffee.

Anett

"Ich mach uns schnell einen Tee", sagte Anett und verschwand in der Küche, "Schau dich einfach ein wenig um!"

Sandra stand im Wohnzimmer von Anetts Wohnung, die sie so gut kannte. Der große Tisch, den Anett von den beiden übernommen hatte, stand noch am gleichen Ort wie damals. Wie ein Menhir aus fernen Zeiten, der die Veränderungen um ihn herum mit Gelassenheit registrierte. Die Wohnung war leerer als früher, wodurch der Raum, in den aus breiten Fenstern auf beiden Seiten das Tageslicht hereinströmte, großzügig und einladend wirkte. An den Wänden hingen großformatige Farbfotos mit Aufnahmen von Orten, die es eigentlich nicht geben konnte. Verwunschene Orte, schoss es Sandra durch den Kopf. Orte aus Träumen oder aus Märchen, die man Kindern nicht vorlesen würde. Erst auf den zweiten Blick erkannte Sandra die Überblendungen, die den Bildern ihre Aura von lange verschütteten Erinnerungen verliehen.

"Die Fotos habe ich erst vor zwei Wochen fertig gemacht, " sagte Anett und kam mit einem Tablett aus der Küche. "Die Rahmung ist noch provisorisch."

"Seit wann machst du denn Farbfotos?"

"Habe ich dir nicht davon erzählt?" Anett stellte die Glaskanne mit dem Tee auf das Holzbrett und schaute mit einem Anflug von schüchternem Stolz im Blick auf Sandra: "Vor gut einem Jahr habe ich an der Schule eine AG gegründet, in der ich den Schülern beibringe, wie man mit so was Altmodischem wie Filmen fotografiert und die Farbfotos selbst entwickelt. Chemie statt Photoshop!"

"Die Bilder sind großartig!"

"Danke, ich gebe zu, mir gefallen sie sogar selbst. Für mich besitzen sie eine – wie soll ich sagen? – eine zeitliche Dimension, eine Art historische Tiefenschärfe, ohne irgendwie retro zu wirken. So was schafft man digital einfach nicht." Anett goss Tee in die beiden Tonschalen. Sandra setzte sich zu ihr. "Du musst die Bilder unbedingt ausstellen, Anett, die sind richtig gut!"

Anett konnte ihre Freude und ihren Stolz nicht mehr verbergen: "In drei Monaten werde ich eine Einzelausstellung in der Galerie in der Siebachstraße haben."

"Das ist ja wunderbar," Sandra war zu aufgeregt, um sich an ihre heiße Teeschale zu wagen, "ich freue mich so, dass du wieder zur Kunst gefunden hast. Nach deiner

Entscheidung, als Lehrerin zu arbeiten, dachte ich manchmal, das wird nichts mehr mit der Fotografie." Jetzt hob Sandra die Schale doch vorsichtig an die Lippen und schlürfte lautstark den Tee. Anett schob den Teller mit dem Gebäck zu ihr und sagte: "Die Gefahr war ja auch groß. Im ersten Jahr an der Schule gab es überhaupt keine Zeit und Energie, um ans Fotografieren auch nur zu denken."

"Du bereust den Schritt zurück an die Schule immer noch nicht?"

"Nein, das war genau das richtige für mich. Ich brauche halt etwas Sicherheit im Leben. Die Dreiviertelstelle lässt mir jetzt, nachdem ich den Laden einigermaßen kenne, genug Zeit für mich und ich unterrichte wirklich gerne. Die Schule in Chorweiler war die richtige Wahl. Die Lehrer, die zu uns kommen, wissen, was sie erwartet und verschwenden ihre Kraft nicht mit Schimpfen und Selbstmitleid. Die sind fast alle mit ganzem Herzen bei der Sache. Übrigens kommen morgen Abend zwei Deutschkollegen mit zu deiner Lesung."

"Schön," sagte Sandra, "männliche Kollegen? Nur Kollegen? Oder mehr als das?"

"Hör schon auf!" rief Anett, "Das bleibt ein trauriges Kapitel. Damit behellige ich dich ein andermal. Aber wie sieht es denn bei dir aus? Gibt es einen neuen Mann?"

"Männer gibt es schon, aber der eine, mit dem ich noch mal einen Versuch starten könnte, war bislang nicht darunter. Hat Jupp eigentlich eine Neue?"

"Soweit ich weiß, nicht", sagte Anett und nahm sich einen Keks, "ich hoffe, du fragst nicht, um zu hören, ob er frei wäre für einen zweiten Versuch."

"Wir haben unsere Chance gehabt. Aber ich würde immer noch gerne verstehen, was da eigentlich passiert ist. Wieso sich Jupp von mir abgewendet hat." Anett schenkte Sandra und sich Tee nach.

"Seine offizielle Anklage an dich lautete, dass du ihn immer nur benutzt hättest. Und als du ihn nicht mehr brauchtest, hast du ihn halt abgelegt wie einen alten Mantel, der aus der Mode gekommen ist."

"Das ist doch Blödsinn!", rief Sandra lauter als sie beabsichtigt hatte, "er hat mir doch keine andere Wahl gelassen."

"Mir brauchst du das nicht zu erzählen", sagte Anett besänftigend.

"Ich weiß, entschuldige!" antwortete Sandra, "Mein neues Buch - oh, warte einen Moment!" Sandra lief ins Zimmer nebenan und kam mit ihrem Buch in der Hand zurück, "Hier ist eins für dich."

Sie gab Anett das Buch und schaute auf die Uhr. "Ich muss los, um vier bin ich mit Konstantin verabredet. Spätestens um sechs bin ich wieder hier. Kommst du heute Abend mit zu meiner Lesung nach Bonn?"

Anett begleitete sie zur Tür und gab ihr die Jacke an, "Nein, das wird mir zu viel. Ich muss noch Arbeiten korrigieren. Gruß an Konstantin!" Sie schloss die Tür, ging zurück an den großen Tisch und begann Sandras Buch zu lesen.

Sandra

Sandra entschloss sich, nicht den Bus zu nehmen, sondern zu Fuß zu gehen. Zwar gab es schönere Spazierwege als die Kempener Straße, ganz zu schweigen von dem an ihrem Ende drohenden Verkehrsknoten an der Geldernstraße/Parkgürtel, das Nippes von Bilderstöckchen in zwei Welten trennt. Ein Ort betongewordener Trostlosigkeit, durch den Fußgänger und Radfahrer in labyrinthischer Wegfolge geführt wurden, um seelisch tief verunsichert und mit dem Gefühl, noch einmal knapp davongekommen zu sein, auf der anderen Seite quasi ausgespuckt zu werden. Doch Sandra wollte gerne einen Blick auf die neue Siedlung werfen, die auf dem früheren Bahngelände entstanden war. Dabei ging es ihr insgeheim darum zu prüfen, ob Jupps düster-sarkastische Prophezeiung, dort würde ein Kleinfamilienghetto übelster Art entstehen, bei der sich die Kölner Baumafia mal wieder eine goldene Nase verdient, eingetroffen war.

Die klare und erfrischend illusionslose Sicht auf die größeren und kleineren Verhältnisse gehörte zu den Charakterzügen Jupps, über die sie sich gerne mokiert hatte. Doch heute vermisste sie eine Stimme wie diese in ihrem Leben. Jupps schwarzer Humor und seine Weigerung, sich der Idee einer vielversprechenden Karriere zu opfern, bildeten jahrelang ein gesundes Gegengewicht für den erfolgsorientierten Pragmatismus und den kategorischen Imperativ des konstruktiven Feedbacks, die in ihrem Berufsleben schon damals an der Uni und heute als Kommunikationstrainerin so sehr im Vordergrund standen. Merkwürdig, aber Freunde wie Jupp oder auch Konstantin, die das Sichverweigern als einen Akt der Selbstbestimmung begriffen, hatte Sandra in Berlin nicht gefunden. Erst in diesem Moment, während sie die laute und im Vergleich zu Berlins Straßen so enge Kempener hoch lief, wurde ihr klar, wie groß die Lücke war, die die beiden hinterlassen hatten. Sie spürte Tränen in sich aufsteigen, die aber von einem hupenden Auto, das sie daran hinderte, achtlos über die rote Ampel an der Merheimer Straße zu laufen, wieder auf den Weg ins Verborgene geschickt wurden.

Jupp

Nachdem Jupp die letzten Zeilen gelesen hatte, klappte er Sandras Buch zu und blieb schweigend sitzen. Im Café Eichhörnchen, wo er die vergangenen beiden Stunden mit Kaffee und Käsekuchen verbracht hatte, liefen alte französische Chansons.

Wie hatte er nur annehmen können, Sandra hätte einen plumpen Psychoratgeber geschrieben? Natürlich hatte sie mit genau dieser Erwartungshaltung beim Leser gerechnet, aber dass er, ihr Exmann, sich so hinters Licht hat führen lassen, war peinlich genug. "Ich bin blindlings in die Falle gelaufen.", sagte er halblaut zu sich selbst und wurde dabei vom Kindergeschrei am Tisch nebenan gnädig übertönt.

Sandras Buch handelte von ihrer Liebe, davon, wie sie begann, wie die beiden ihre ersten Schritte in ein gemeinsames Leben gewagt hatten. Es fiel Jupp nicht ganz leicht anzuerkennen, mit wie viel Humor, Klarsicht und Verzweiflung Sandra sich bemühte, den ersten Schritt, der sie vom Weg abgebracht hatte, zu finden. Wie sie nach dem Anfang vom Ende suchte, das mit ihrer Scheidung besiegelt worden war. Jupp bestellte sich ein Glas Leitungswasser.

Sandra hatte diesen Punkt, an dem sie die gemeinsame Richtung verloren hatten, nicht ausfindig gemacht. Das Buch endete mit einem resignierten Seufzer, in dem immer noch Liebe für ihn mitschwang. Doch Jupp glaubte, nach der Lektüre endlich verstanden zu haben, was damals passiert war. Er sah die Hürde, über die sie nicht gemeinsam gekommen waren. Er erkannte sie als den berühmten Balken in seinem eigenen Auge, schwerfällig und dunkel, der alles, Sandra, seine Liebe zu ihr und ihre gemeinsamen Träume düster verschattet hatte. Über den kleinen Splitter in Sandras Auge hätte er damals wie heute eine wortreiche Studie schreiben können – und ihm fiel ein, dass sie dies in ihrem zweiten Buch, noch bevor sie sich kannten, schon selbst erledigt hatte – doch an dem schweren Holz vor seinem Blickfeld hatte er jahrelang vorbeigeschaut. In die Scham über die selbstverschuldete Blindheit mischten sich Zorn und Trauer und an der inneren Türschwelle stand auch schon das Selbstmitleid bereit, das heute aber draußen bleiben musste. Jupp zog ein Heft aus seiner Tasche und begann zu schreiben:

Liebe Sandra,
eben habe ich dein neues Buch gelesen, und es scheint, als sei es mir vorbehalten, das letzte Kapitel, in dem das große Rätsel gelöst wird, anzufügen. Woran ist sie gescheitert, unsere Ehe, unsere Liebe? Bis eben war ich davon überzeugt gewesen, die Schuld – was für ein alberner Begriff, der alleine schon meine Verblendung illustriert – die Schuld also läge bei dir, in deiner Karriere-

sucht, neben der ich nur so lange eine Rolle spielen durfte, wie ich dir nützlich war. Diese Geschichte, die ich mir schon seit etlichen Jahren erzähle, begann an dem Tag, an dem du dich auf die Assistentenstelle in Hamburg beworben hast. Nein, ich habe dir keine Szene gemacht, nicht vorgeworfen, dass du unsere Ehe immer hinter der Karriere als zweitrangig betrachtest hast, und nicht gesagt, dass ich keine Fernbeziehung führen möchte. Ich habe geschwiegen. Auch als die Absage aus Hamburg kam, habe ich keine Freude gezeigt und meine Schadenfreude für mich behalten.

So albern es sich anhört, ich wollte dich bestrafen mit meinem Schweigen. Ich fühlte mich zutiefst ungerecht behandelt von dir. Während ich das schreibe, steigen vor meinem inneren Auge Bilder aus meiner Kindheit auf, die wie eine Aufforderung aussehen, direkt einen Psychoanalytiker anzurufen.

Gestern habe ich mit Konstantin über Hamlet gesprochen und mich bei dem geheimen Wunsch erwischt, du hättest dich in unserer schweren Zeit mehr wie Ophelia verhalten. Niemals die Liebe leugnen und am besten reumütig zu mir zurückkehren wollen. Oder wenigstens wahnsinnig leiden unter dem Verrat an Hamlet, in den du verstrickt warst! Das alles hätte es mir leichter gemacht, meine Egozentrik aufrechtzuerhalten. Aber es ging auch so. Jedenfalls bis heute.

Jupp legte den Stift beiseite und überflog, was er bisher geschrieben hatte. Er fühlte sich unbehaglich. War er gerade dabei, sich eine weitere Geschichte zu stricken? War Sandra in ihrem Buch vielleicht viel näher am Wesentlichen geblieben, weil sie eben nicht die Antwort auf alle Fragen gefunden hatte? Doch was sollte er tun? Er hatte das Gefühl, in einem Wald zu stehen -renaturiert, und deshalb unübersichtlich, ging es ihm durch den Kopf - und in allen Richtungen lauerten Fallen auf ihn. Egal zu welcher Seite er sich bewegte, eine Falle würde ihn bestimmt erwischen.

Jupp packte seine Sachen zusammen, ging zur Theke, um zu bezahlen. Vor der Tür zog er sein Handy aus der Jacke und wählte Konstantins Nummer.

Konstantin

Noch bevor Sandra auf die Klingel drücken konnte, öffnete sich die Haustür. Konstantin trat strahlend auf sie zu und umarmte sie herzlich. "Sandra, wie schön, dass du hier bist! Komm rein!" Sandra ging mit ins Haus. "Na, das war ja mal ein Begrüßung", sagte sie ganz erstaunt und ließ sich aus der Jacke helfen.

"Tee oder Kaffee?", fragte Konstantin, als sie in die Küche kamen.

"Du hast Tee im Haus? Das ist neu, oder?" Sandra setzte sich an den Küchentisch, auf den Stuhl, auf dem sie auch früher immer gesessen hatte, Beine parallel zum Tisch, der linke Ellbogen auf die Tischplatte gestützt - auch ihr Körper hatte den Ort mit seinen kleinen Ritualen nicht vergessen. "Bei mir giltst du eigentlich als kompromissloser Kaffeetrinker."

"Stimmt auch mehr oder weniger. Aber in meinem Metier bleibt es nicht aus, dass mich ab und zu asienaffine Menschen besuchen. Mit denen trinke ich dann den richtig guten und unverschämt teuren grünen Tee, einen Bio-Oloong aus Taiwan, einfach um mein Image als bedeutender Sinologe zu pflegen. Wer glaubt im Westen schon einem Chinaexperten, der täglich schwarzen Kaffee in sich hineinschüttet? Die Chinesen selbst sind da natürlich viel entspannter, die bekommen bei mir ausschließlich Kaffee und genießen ihn. Also, was kann ich dir anbieten?"

"Ich nehme gerne einen Kaffee. Tee hatte ich schon bei Anett. Aber bitte nicht zu stark, und hast du Milch da?" Konstantin öffnete den Kühlschrank und nahm den Tetrapack heraus. "1,5 Prozent, die magere, weil sie so gut schäumt."

Sandra lächelte. "Schön, dann mache ich die Milch warm und bringe sie zum Schäumen, ok?" Sie bewegte sich so selbstverständlich in der Küche, als sei sie gestern das letzte Mal hier gewesen. "Na, dann erzähl doch mal, wie läuft´s bei dir?", fragte sie.

"Da gibt es nicht viel zu erzählen. Du weißt ja, dass ich größeren Aufregungen in meinem Leben gerne und weiträumig aus dem Wege gehe." Konstantin goss das heiße Wasser in den Filter und stellte zwei Tassen auf den Tisch.

"Ich glaube dir kein Wort!", sagte Sandra lachend, "aber du musst mir nichts erzählen. Ich will einfach nur wissen, ob es dir gut geht."

"Ja, mir geht es gut. Ich danke jeden Tag meinen Ahnen, dass sie mir das Geld für dieses Haus hinterlassen haben. Keine Miete zu zahlen befreit mich von dem lästigen Zwang, noch mehr Zeit mit Geldverdienen verbringen zu müssen. So kann ich mir leisten, vorm Fernseher zu hängen, wann immer ich will."

"Vorm Fernseher, natürlich." Sandra steckte die drahtige Spirale des kleinen, batteriebetriebenen Aufschäumers in den Topf und von Summtönen begleitet wirbelte die Milch im Kreis. Kurz danach schlürfte sie an ihrem Cappuccino. "Weißt du, wie es Jupp geht?" wechselte sie das Thema, "Ich habe praktisch keine Ahnung, was er seit unserer Scheidung so treibt. Mit mir will er keinen Kontakt und Anett erzählt er anscheinend auch nicht viel."

"Und den alten Einsiedler vom Bilderstöckchen zwischendurch mal anzurufen und ihn zu fragen, kam dir nicht in den Sinn?", warf Konstantin ein.

"Ich habe mich nicht getraut", gab Sandra zu, "ich hatte Angst, du hättest genau so einen Hals auf mich wie er."

"Um der Gefahr zu entrinnen, deine Angst in ein kleines Nichts verpuffen zu sehen, hast du vorsichtshalber gar nicht erst versucht, mit mir zu reden. Nicht sehr logisch, aber nachvollziehbar."

"Wovon lebt Jupp zur Zeit?", fragte sie.

"Ich kann dir nicht genau sagen, welche seiner hundert Jobs er in den letzten Monaten durchgezogen hat, aber ich glaube, das meiste Geld hat er mit dem Schmuggel von Autos verdient, die wegen der Abwrackprämie verschrottet werden sollten. Die meisten Wagen waren ja noch gut und Jupp hat sie heldenmütig vor dem Schrottpressetod bewahrt und nach Namibia verschifft. Nebenbei war das wohl eine ganz lukrative Angelegenheit."

Sandra schüttete lächelnd den Kopf und schwieg.

"Jupp ist gestern hier gewesen und er war sehr aufgebracht, dass du es wagst, gerade hier in Nippes dein neues Buch vorzustellen.", meinte Konstantin nach einer Weile.

"Also wirklich! Erstens hat der Verlag die Buchhandlung ausgesucht und zweitens geht es Jupp überhaupt nichts an, wo ich hingehe."

"Da hast du recht", sagte Konstantin, "So was Ähnliches habe ich ihm auch geantwortet".

"Willst du ein Buch haben?", fragte Sandra und kramte in ihrer Tasche, die über dem Stuhl hing.

"Klar", sagte Konstantin, "ich bin gespannt, was du da geschrieben hast. Der Titel klingt ja - sorry - ziemlich bescheuert, ich kann mir eigentlich nicht vorstellen, dass du ihn ganz ernst meinst. Jupp war über den Titel richtig erbost! Dass du es übers Herz bringst, einen von diesen verlogenen Psychoratgebern zu schreiben, hat ihn echt auf die Palme gebracht. Ich werte das als klares Signal, wie wichtig du ihm immer noch bist."

"Meinst du wirklich?" fragte Sandra.

"Ganz bestimmt. Ich glaube zwar nicht, dass er dich noch mal heiraten wollte, aber er leidet genau so wie du unter eurer merkwürdigen Kontaktsperre."

Ich leide doch gar nicht darunter! Der Satz lag Sandra auf der Zunge, aber sie konnte ihn gerade noch zurückhalten. Zu Hilfe kam ihr in diesem Moment das Telefon, das sich laut klingelnd ins Gespräch einmischte. Konstantin machte keine Anstalten abzuheben und der Anrufbeantworter sprang an: "Wenn es wirklich nötig ist, hinterlassen Sie mir eine Nachricht, wenn es wirklich nötig ist, rufe ich zurück", sagte Konstantins Stimme, dann hörten die beiden schweigend zu: "Ich bin´s, Jupp. Ich nehme an, du bist mit Sandra spazieren... Sag ihr doch bitte, dass ich morgen Nachmittag um vier in der

Kaffeebar gegenüber vom Buchladen sein werde. Wenn sie will, kann sie auf einen Plausch vorbeikommen. Ok. Tschö."

Jupp

Am Dienstag Punkt 16 Uhr saß Jupp in der Bar gegenüber des Buchladens. Sein Lieblingsplatz rechts hinten in der Ecke neben der Theke, war frei als er eintrat, und er setzte sich auf einen der Hocker vor den dunkelbraunen Tisch. Darauf legte er das Buch von Sandra und bestellte einen Kaffee. Durch das große Fenster, das mit der gläsernen Eingangstür die ganze Ladenfront umfasste, blickte er nach draußen auf das Trottoir und wartete. Er spürte sein Herz klopfen. Gleich würde Sandra hier erscheinen. Sandra. Die er zwei Jahre lang nicht gesehen hatte – und auch nicht vermisst. Davon war er jedenfalls bis gestern ausgegangen.

Jetzt schien er sich dessen nicht mehr so sicher zu sein. Doch alle Überlegungen zum momentanen Verhältnis zu seiner Exfrau blieben Spekulation, so lange er sie nicht gesehen und mit ihr gesprochen hatte. Darüber, was damals eigentlich los war, wie sie sich in so kurzer Zeit so weit voneinander entfernen konnten. Wann sie aufgehört hatten, miteinander zu sprechen.

Jupp rührte gerade in seinem schwarzen Kaffee, der allmählich kalt wurde, als Sandra mit der ihr eigenen Bestimmtheit die Tür zur Bar öffnete und eintrat. Sie schaute sofort in die Richtung des Tisches, an dem sie zu Recht Jupp vermutete und ging lächelnd auf ihn zu. Sandra hatte sich verändert, dachte Jupp. Ihr mädchenhafter Charme, der ihn am Anfang ihrer Liebe so verzaubert hatte, war in den Hintergrund getreten. Sie wirkte reifer, erwachsener und zugleich fraulicher. In seiner Erinnerung war sie in den beiden vergangenen Jahren offenbar gewachsen, denn sie schien kleiner zu sein als er erwartet hatte. Aber das Leuchten, das aus dem tiefsten Punkt ihres Körpers heraus pulsierte, nahm er noch immer wahr. Diese magnetische Kraft, die ihm manchmal so bedrohlich vorgekommen war, hatte heute eine andere Wirkung auf ihn. Er fühlte plötzlich eine Art Ergriffenheit und befand sich in einer ganz und gar versöhnlichen Stimmung, der jegliche Angriffslust fehlte. Ein ungewöhnliches Gefühl für ihn.

"Hallo Jupp!" Sandra stand vor ihm und nach einem kurzen Moment des Zögerns streckte sie ihm ihre rechte Hand entgegen. Es dauerte eine Sekunde bis Jupp verstand und die Hand mit seiner rechten nahm und sie unbeholfen schüttelte.

"Schön, dass du gekommen bist."

Sandra setzte sich auf den Hocker ihm gegenüber und legte Jacke und Tasche auf den Stuhl neben sich. "Dein

Anruf hat mich echt überrascht," sagte sie, "und gefreut. Ist der Kaffee hier mittlerweile genießbarer als früher?"

"Ein wenig", Jupp lächelte, "Cappuccino, wie immer?"

"Nein, zur Feier des Tages nehme ich einen doppelten Espresso."

"Was feiern wir denn?" fragte Jupp.

"Unser Wiedersehen natürlich!", Sandra schaute mit einem fast scheuen Lächeln zu Jupp hin. Dann drehte sie sich herum und winkte der Frau hinter der Theke.